박지연

마음에 안부를 묻는 늦은 밤, 혼자 보내는 시간을 좋아합니다.
미풍에도 심하게 요동치는 마음을 다독이기 위해
습관처럼 마음에 말을 걸고, 이야기를 듣습니다.

힘든 마음이 말없이 안아주는 곰 인형 품에서
스르르 녹아 흐르던 날,
'포옹'이 가진 위로의 힘을 깨달았습니다.

'안아주다'에서 받침 하나만 바꾸면 '알아주다'가 됩니다.
누군가를 안아준다는 건 그 사람을 알아주는 일입니다.*
그림으로 세상을 안아주고, 알아가고 있습니다.

'위로'를 테마로 다양한 작업을 하고 있습니다.
쓰고 그린 책으로는
『초코가루를 사러 가는 길에』『고양이 가면』이 있습니다.

www.instagram.com/bearhug_studio
peky22@naver.com

* 붉은달 작가님의 '달달한 인터뷰 : 박지연 작가 편' 에필로그에서 발췌.

안아줄게요

늘 괜찮다는 당신에게 **안아 줄게요**

박지연 글·그림

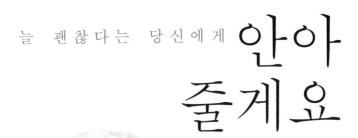

어바웃어북

그날 밤의 위로

어릴 때는 하루빨리 어른이 되고 싶었다. 돌부리에 걸려 넘어져도 울지 않는 어른. 성장이라는 아득한 계단, 어른은 그 꼭대기에 서 있다고 생각했다. 어른이 되고 나서야 알았다. 그들 역시 계단 어디쯤에 있을 뿐이라는 걸. 어른이라서 아프지 않은 게, 흔들리지 않는 게 아니었다. 괜찮은 척, 아무렇지 않은 척하며 삶의 하중을 떠받치고 견뎌낼 뿐이었다.

어른의 나날은 어린 날의 상상처럼 멋지지 않았다. '꿈'이라는 단어를 떠올리면 슬픔이 먼저 밀려왔다. 열심히 노력했지만 보상받지 못하는 시간도 있었다. 느끼고 생각한 것을 솔직히 표현할 수 없는 순간들이 많아졌다. 어쩌면 괜찮은 날보다 괜찮지 않은 날이 더 많았다. 모두가 이런 날들을 버텨내고 있었기에, 힘들다 말하기 어려웠다. 어디에도 털어놓을 수 없는 날들은 마음속에 차곡차곡 쌓여갔고, 그 무게는 가끔 나를 울컥하게 했다. 누군가 괜찮으냐고 물

어봐주기를, 잘하고 있다고 등을 토닥여주기를 간절히 바랐다.

평소보다 더 무거운 발걸음으로 집에 가던 어느 밤, 트럭 위에 놓인 갈색 곰 인형이 눈에 밟혔다. 유난히 힘들었던 오늘의 나에게 선물하자는 생각으로, 큰 곰 인형을 하나 샀다. 양팔로 곰 인형을 안은 채 버스 뒷좌석으로 갔다. 의자에 앉자, 내가 곰 인형에게 폭 안긴 것 같았다. 마치 누군가 나를 안고 '수고했어'라고 등을 토닥이는 것만 같았다. 그 순간 힘들었던 마음이 녹아 눈물이 되었고, 나는 곰 인형 품에 숨어 잠시 울었다. 곰 인형에게 안겨 있던 사이, 나를 짓누르던 마음속 크고 작은 응어리들이 스르르 녹아내렸다.

곰 인형에게 위로를 받았던 그날 밤, 누군가 말없이 안아주는 것만으로 괜찮아질 수 있다는 걸 느꼈다. 때로는 누군가의 온기가 어떤 말보다 큰 위로가 된다는 사실을 배웠다. '무엇이든 안아주는 곰'

을 그리기 시작한 것은 바로 그날의 기억 때문이다.

두 팔 벌려 누군가를 품에 안는 '포옹'은 내가 아는 가장 따뜻한 신체 언어다. 포옹은 심장과 심장을 맞대고 상대의 마음을 공감하는 일이다. 나와 남 그리고 안과 밖의 경계를 허무는 일이다. 경계가 사라지면 이쪽과 저쪽을 가르는 데 필요했던 잣대도 쓸모없어진다. 잣대가 사라진 자리는 어떤 순간에도 흔들리지 않는 단단한 자존감이 채울 것이다. 포옹은 두 팔로 안온한 울타리를 만들어줌으로써, 이 세상에 당신 혼자가 아니라는 걸 일깨워준다. 포옹은 내가 아는 가장 따뜻한 위로다.

버티는 삶에 지친 사람들에게 마음을 녹일 온기를 선물하고 싶었다. 나아가 누군가의 시선 밖에 머무는 사람들, 알아주는 이 없어도 묵묵히 최선을 다하는 사람들도 안아주고 싶었다. 그리고 아프다, 힘들다, 슬프다 표현할 수 없는 존재들의 이야기에도 귀 기울이고 싶었다. 폐기물 스티커가 붙은 서랍장, 기분과 상관없이 온종일 춤추는 풍선 인형, 나날이 쌓이는 옷가지에 정체성을 잃어버린 의자, 버림받고 길 위를 떠도는 동물⋯⋯. 그들은 우리의 거울이기에.

그날 밤 버스에서 나를 위로했던 갈색 곰을, 여러 갈래 길로 보냈다. 갈색 곰이 귀 기울이고 다독였던 마음들이 모여 한 권의 책이 되었다. 곰의 품에서 당신이 부디 안녕하기를, 다시 일어설 힘을 채우기를 바란다.

2021년 겨울

프롤로그

나는 안아주기를
좋아하는 곰입니다

이름이 없다.
나를 생각하는
당신의 마음이 담긴 이름으로
불리길 원한다.

"그럼 나이는?"
"성별은?"
하고 물으면
"그런 걸 묻는 건 실례예요"라고 말하지만,
사실은 나도 잘 모른다.

유서 깊은 테디베어 공방에서
장인이 한 땀 한 땀 만든,
세상에 하나뿐인 존재라고 믿고 싶지만……
빼곡한 갈색 털을 헤치면
옆구리 어딘가 붙은 작은 라벨에
'made in China'라고 새겨져 있다.

무엇이든 안아주는 걸 좋아한다.
달려와 안기지 않아도,
안아달라 말하지 않아도
녹여주고 싶은 마음을 만나면
그저 안아준다.

누구든 무엇이든 안아주는 까닭은,
물은 0도에서 녹지만

상처로 굳어진 마음은
36.5도에서 녹는다는
믿음 때문이다.

나눌 수 있는 것이 마음뿐이지만,
나누고 나누어도
줄지 않는 마음이 있어 기쁘다.

첫 번째 포옹 • 안부를 묻는 시간

- -

두 번째 포옹 • '우리'라는 이름의 온도

세 번째 포옹 • 문득, 당신이

네 번째 포옹 · 유연하고 단단하게

다섯 번째 포옹 · 차마 전하지 못한

첫 번째 포옹

안부를 묻는
시간

나무가 되어

하루는
몇 달째 일자리를 구하지 못한 취업준비생이
내 몸에 전단지를 덕지덕지 붙였다.
하루는
전시할 기회를 얻지 못한 화가가
내 몸에 붉은 페인트로 그림을 그렸다.
하루는
술에 취한 사람이 나를 붙들고
삶의 응어리들을 게워냈다.
하루는
'초보 운전' 딱지를 붙인 운전자가
서툶을 품어주지 않는 세상에 바짝 주눅이 든 나머지
주차하다가 내 옆구리를 들이받았다.

아무래도 괜찮다.
기댈 나무 한 그루 쉬이 찾을 수 없는 이 도시에서,
내게 기대어
누구라도 쉬어가면 좋다.

019

무한을
기도하는 밤

눈 내리는 밤이 계속되어
겨울의 한 장면으로
여기에 영원토록 머무르기를 바랐다.

하지만 내가 간절히 소망한다 해도
어김없이 아침 해는 떠오를 테고
결국 나는 흔적도 없이 사라지고 말 것이다.

앙상한 나뭇가지 팔이 시릴지라도
추위가 내 곁을 맴돌아

사라지지 않고 살아지기를,

운명을 거스를 수 있기를
간절히 기도한다.

022

이별 통보

서랍장 하나가 길에 덩그러니 놓여 있다.

위아래 할 것 없이
다닥다닥
붙어 있는 스티커들은
그가 받았던 사랑의 크기를 증명해준다.

'폐.기.물'
가장 나중에 붙은 이 스티커는

사랑에도 끝이 있음을 알려준다.

위로 한 잔

누구나 저물어가는 해를
하염없이 바라만 보는 날이 있다.
나에겐 오늘이 그랬다.

달과 해가 자리를 바꾸며
하루를 마무리하는 시간에
나는 쓰디쓴 하루를 술잔 가득 담았다.

한 모금, 두 모금……
고단했던 하루로 속을 채웠다.
이렇게
하루를 삼키며
괜찮아지려 애쓰는 나를 토닥인다.

그렇게 이별

오늘 내 인생의
중요한 목격자를 잃었습니다.

"엄마"라고 처음 소리 내어 말했던 날,
한 걸음 한 걸음 천천히 내디뎌
마침내 당신 품에 안겼던 날,
처음 맛본 콜라에 깜짝 놀라 울음을 터트렸던 날,
입가에 립스틱을 덕지덕지 바르곤 배시시 웃던 날,
건반을 더듬더듬 눌러 〈작은 별〉을 끝까지 연주했던 날,
"엄만, 잘 알지도 못하면서!"라고 소리 지르고
방문을 '쾅' 닫던 날…….

평범한 일상은
당신의 시선 속에서
'빛나는 사건'이 되었어요.

앞으로 나의 시간은 누가 기억해주지요?

꿈,
꾸어도 괜찮아

꿈,
놓아주어야 하는 건 아닐까?

꿈,
꾸어도 괜찮다고 말해주세요.

수화기
너머의 마음

"행복한 하루 보내세요"

당신의 하루를 응원하며
전화를 끊으려는 찰나,

"상담원님도
행복한 하루 보내세요"

당신의 마음이 내게 왔다.

하나의 표정

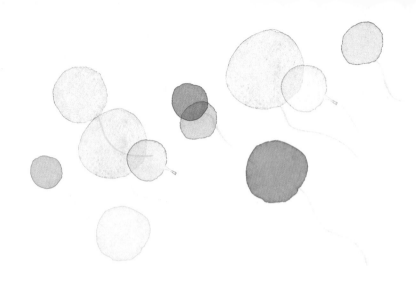

당신에게 보여줄 수 있는 나의 표정은 단 하나다.
언제나 스마일!

사람들에게 풍선을 하나씩 건네며
웃는 듯 보였겠지만
실은
거절의 손짓에는
머쓱한 표정을 지었고,
감사 인사에는
행복한 표정을 지었고,
무례하게 더듬는 손길에는
굳은 표정을 지었고,
불시에 날아온 주먹에는
괴로운 표정을 지었다.

표현하지 않는다고
아무렇지 않은 건 아니다.

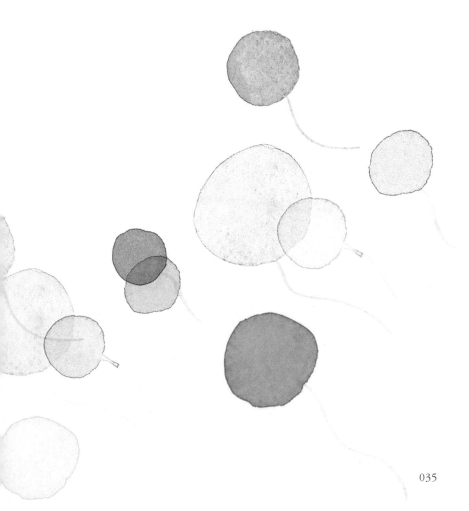

축적의 시간

'반복'과 '지루함'은 동의어가 아니다.

반복은
내가 딛고 서 있는 이 자리를
더 견고하게 만들 것이며,
어제, 오늘, 내일, 모레, 글피……
켜켜이 쌓인 시간들로
나는 점점 더 단단해질 것이다.

나는 지금,
무르익기 위한
축적의 시간을
지나는 중이다.

나다운

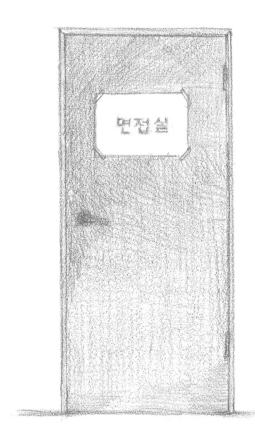

저 문을 여는 순간,
나의 과거와 미래에 가치를 매기는
저울질이 시작될 것이다.

떨쳐버릴 수 없는 불안을
길게 내쉬는 숨에 실려 보낸다.

내가 선택할 수 없는
결과에 대한 고민은 멈추고,

가장 나다운 문장을
고르는 시간을 가져본다.

도시의 등대

"봉투는 50원인데 드릴……"
"됐어."
"영수증 필요하……"
"됐다고!"

손님의 짜증 섞인 단답형 대답에
나는 무인계산대보다 못한,
도시의 가장 하찮은 존재가 된다.

"안녕히 가세요."
"고맙습니다. 수고하세요."

편의점 문을 나서며 손님이 건넨 이 말에
나는 도시의 밤을 밝히는 등대의,
등대지기가 된다.

'손님, 오늘 밤도 무사히 항해하세요.'

내가 기억하는 단 한 사람

매일 밤 너는 나를 품에 안고
사랑한다고,
언제나 함께일 거라고 속삭였다.

네 품에서 우리가 함께하는
행복한 내일을 상상했다.

그런데 지금 나는
차가운 거리를 홀로 헤매고 있다.

왜 나는 지금 혼자인 건지,
"나보다 더 좋은 주인 만나"라던
너의 말이 무슨 의미인 건지……
머릿속에는 물음표만 가득하다.

나는 마음에 들어온 사람을 지우는 방법을 몰라
너와 헤어진 이곳에서
오늘도 너를 기다린다.

우리 엄마도

"딩동"
초인종이 울리면 아이들의 눈과 귀가
일제히 문을 향합니다.
"달님반 ○○○! 엄마 오셨네."
엄마 손을 잡은 아이는 의기양양합니다.
남은 아이들은 그 모습을
부러운 듯 바라봅니다.

친구들이 하나둘 집에 가고
교실엔 선생님과 나 둘뿐입니다.
블록을 쌓고, 그림을 그리고,
종이접기를 해도 즐겁지 않습니다.

"딩동"
선생님이 내 이름을 부르기도 전에 달려나갑니다.
미안한 눈썹, 미안한 입술, 미안한 어깨, 미안한 손…….
우리 엄마입니다.

엄마 품에 안기니까 마음속에 먹구름이 물러가고
해가 둥실 떠오릅니다.

우리 엄마도
누가 안아주면 좋겠습니다.

허기

하루가 끝날 무렵이면,
내 안 어딘가로부터
발원지를 알 수 없는 허기가 밀려왔다.

그때마다 난,
채워지지 않는 무언가가
무엇인지 몰라
무엇이든 채우려 했다.

049

이름의 무게

어떤 벽이 내 앞에 나타나도
나는 주저하지 않고 달려든다.

죽기 살기로
부딪치고 또 부딪치면
제아무리 단단한 벽도 뚫리게 되어 있다.

나라고 아픔을 모르겠는가.
나라고 두려움이 없겠는가.

가장(家長)은 괜찮아야만 하는 존재라는
당신의 믿음을 저버릴 수 없어
온몸을 내던지는 것,
그뿐이다.

36.5도의 응원

그동안 정말 고생 많았어.
열심히 준비한 만큼 잘해낼 거야.
자, 하루만 더 힘내자!

오늘,
길고 지난한 수험 생활의 '결승선'이자
푸른 봄의 '출발선'에 선 너에게
해주고 싶은 말이었어.

그런데,
이 말마저 네 마음을 무겁게 할까 봐,
그냥 아무 말 없이
꼭 안아주려고 해.

소리 없는 분투

생명이 증발해버린 앙상한 내 몸은
다음 봄을 기약하지 못한다.

더는 꽃피울 수 없지만,
괜찮다.

중력을 거스르기 위한 발돋움을
한순간도 멈춘 적이 없다.
다른 꽃들에 시선을 두고
나를 다그친 것이 아니었다.
어제의 나보다
나아지기 위한 분투였다.

나는 무엇일까?

"금방 치울게"라는 당신의 말을 철석같이 믿고
내 몫이 아닌 것들을 불평 없이 받아들였다.

약속과 달리
당신이 하루치 피로를 내려놓던 자리에는
다시금 찾지 않을 물건들이 쌓여간다.

당신이 나와의 약속을 잊은 것보다
더는 내게 당신을 내려놓지 않는 게,
내가 무엇인지 잊히는 게
더 슬프다.

당신에게 나는 무엇일까?

두 번째 포옹

'우리'라는
이름의 온도

가장 보통의 영웅

영웅이 되려고
이곳에 온 게 아니다.

함께,
평범한 일상으로 돌아가고 싶은 간절함이
전염병에 대한 두려움을 가까스로 누른 것뿐이다.

비장한 각오로
이곳에 있는 게 아니다.

내가 해야 할 일,
그리고 내가 할 수 있는 일이
이곳에 있기에 여기 있을 뿐이다.

당신이 그러하듯
나 역시 매 순간 버티고 있을 뿐이다.

'우리'의 이야기

반세기 넘게 강요된
침묵을 깨고
우리 앞에 나타난
맨발의 소녀.

잊지 않겠습니다.

잊지 않는 사람들이 있는 한,
잊기를 원하는 사람들은 이길 수 없습니다.

언제쯤

꼬르륵.
개시도 못 했는데
벌써 밥 달라고 난리네그려.

에구.
이놈의 밥때는 주머니 사정일랑 봐주지 않고
하루 세 번 꼬박꼬박 찾아오는구먼.

고무대야에서 고구마를 헤집고 도시락을 꺼낸다.
찬밥과 비닐로 꽁꽁 싸맨 장아찌 몇 조각.
몇 번 썼는지 기억도 나지 않는 일회용 수저로
온기 없는 삶을, 한술 뜬다.

이 고무대야에 들어 있는 건
오늘 저녁 김치찌개에 넣을 돼지고기 한 줌,
손자 녀석을 함박웃음 짓게 할 과자 한 봉지,
허리에 붙일 파스 한 장이다.

축대 위로 분홍 철쭉이 흐드러지게 피었건만,
봄은 멀리 있다.

2.1초, 28초, 30.7초

일반 우편 2.1초, 등기 28초, 택배 30.7초.

각각의 우편물을 배달하는 데
나에게 허락된 시간.*

일반 우편 1500건, 등기 65건, 택배 117건.

오늘 하루 내가 배송해야 할 우편물.

그럼 볼일은 몇 초쯤……?
궁금해할 필요 없다네.
이대로 움직이면,
아무리 물을 많이 마셔도 땀으로 다 나와서
온종일 화장실 갈 필요가 없다네.

• 집배원이 출근해서 퇴근할 때까지 해야 하는 모든 업무를 초 단위로 계산하는 '집배부하량
시스템'이 산정한 시간이다.

딱 그만큼

멀리뛰기에 서툰 아기곰이
디딜 수 있는 넓이의 얼음덩어리.

아기곰에게 먹일 젖을 만들어낼 수 있는 만큼의 먹이.

트로피 헌터*가 없는 보금자리.

더는 안 바라.

딱
그만큼이면
충분해.

*야생동물의 사체 전부나 일부를 기념품 또는 노획물로 전시하기 위해 동물을 포획하는
사냥꾼을 말한다. 해마다 수백 마리의 북극곰이 트로피 헌터들에게 죽임을 당하고 있다.

외로움 증폭기

정사각 세상 속에 정제된 행복을 담고
#일상 #데일리 #소통 #좋아요
사람들을 유혹할 주문을 적었다.

다른 이들에게 하트 발자국을 남겨
내 방문을 알리는 일도 빼놓지 않는다.

정사각 세상 속을
분주히 돌아다니는 동안
휴대폰 화면 가득 하트가 그려졌다.

그런데
왜 이렇게 외롭지?

토끼 988283호로부터

더 아름다워지고 싶고,
더 오래 살고 싶은
당신의 욕망을 채워주기 위해
우린 태어났다.

당신이 더 강렬히 욕망할수록
우리의 얼굴은 무너져내렸고,
고통에 몸부림치다
죽음에 이르는 시간은 더 짧아졌다.
운 좋게 실험을 통과하고
회복된 우리를 기다리는 건,
안락사.

당신들, '인간'이라는 종이 가진
심성(心性)의 정체가 이런 것인가?

정(正)

이것이 정(正)이라는 사람들과
저것이 정(正)이라는 사람들 사이에서
우리는 하나의 선이 되어 버틴다.

으름장을 놓는 사람들에게도
어깨를 힘껏 밀어대는 사람들에게도
우리는 물러설 수 없다.

우리의 정(正)은,
아무도 다치지 않는 것이다.
우리는 '경찰'이다.

주저함 없이

시뻘건 불길 앞에
멈칫할 수 없는 이유는,
찰나의 머뭇거림으로
저 불 속에서 나를 애타게 기다리는 생명이
한 줌 재로 사라질 수 있기 때문이다.

그러므로 나는
마음속에서 두려움을 지우고,
'살려내겠다'는
다짐만을 남긴 채
시뻘건 불길 속으로
가장 먼저 뛰어든다.

이유 있는 손

재활용 분리수거, 택배 관리, 주차 관리,
음식물 쓰레기 처리, 공용 구역 청소,
화단 정리, 민원 처리……

나의 일은
아무나 할 수 있지만
아무도 선뜻 나서지 않는 일이다.

평범한 사람의 일상을 지키는
내 손에는
분리수거하다 유리조각에 찔린 상처가,
음식물 쓰레기 검수하며 밴 오물 냄새가,
비질하며 생긴 굳은살이 남았다.

이런 내 손에
눈길을 주지 않는 사람이 대부분이지만,
가끔은 내 손을 잡고 한 마디 건네는 이도 있다.

"늘, 감사합니다."

그 한 마디에
거친 손의 슬픔이 녹아내린다.

어디서부터 어떻게

여기는 부엌이었고,
왼쪽은 안방이었고,
앞쪽 벽에는 뻐꾸기시계가 있었다.

이곳에는
평생 일구어온 나의 집이 있었다.

그런데 지금 여기에는
흙더미와 쓰레기뿐.

어디서부터 어떻게 되돌려야 할까.

언제 오시려나

어제도 오늘도 비가 온다.

솜털이 비에 흠뻑 젖어
몸이 꽁꽁 얼어붙는다.*
이 비에 나를 품어주지 않고
사냥을 떠나 돌아오지 않는
엄마 아빠가 미워진다.

아니다.

거짓말이다.
사실 하나도 안 밉다.

그러니까
얼른 돌아왔으면 좋겠다.

* 지구온난화로 남극에 눈보다 비가 내리는 날이 더 많아졌다. 새끼 펭귄의 솜털에는 방수기
능이 없다. 어미가 품어주지 못한 새끼 펭귄은 비를 맞으면 저체온증으로 목숨을 잃는다.

당신이 잠든 사이

첫차를 타고 도착한 일터.
이곳에 쌓인 어제의 흔적을 치우는 것이 나의 일.
빗자루로 쓸고,
걸레로 닦고,
휴지통을 비우고.

이 자리 주인은, 요새 많이 바쁜가 보네.
화분이 시들시들한 게 물 주는 걸 잊었나 봐.

이 자리 주인은, 어제도 야근했나 보네.
커피 컵이 몇 개야?
이렇게 많이 마시면 속 버릴 텐데.

이 자리 주인은, 많이 피곤한가 보네.
책상 위에 영양제 병이 더 늘었어.

밖이 환해지고 있다.
이곳에서 내가 사라져야 할 시간이 가까워지고 있다.

1561번째* 죽음

*2019년 한 해 동안 우리나라 고속도로에서 차량에 치여 숨진 야생동물은 1561마리다.

어둠 속에서 두리번거리며
조심스럽게 발을 내디뎠다.

나를 향해 돌진하는 불빛과 마주한 순간,
그 자리에서 얼음이 되었다.

눈을 깜빡이며 보이지 않는 길을 보려 애쓰던 찰나,
커다랗고 검은 그림자가 나를 덮치고 사라졌다.

방금 그건 뭐였지?

악!

몸이 움직이지 않는다.

얼음장처럼 차가운 길 위로 바람이 세차게 분다.
낙엽이 날아와 내 몸 위로 한 잎 두 잎 떨어진다.

이렇게 나는
이 길의
먼지가 되고 마는 걸까?

영혼 살인*

4만 5011명.

지난 10년간
영혼을 '살해'당한 아이들의 숫자다.

지켜주지 못한 어른들이 미안해.

*아이에게 평생 지울 수 없는 상처를 남기는 아동 성범죄를 '영혼 살인'이라고 부른다.

평범한 바람

"우리는 일회용 소모품이 아니다."

우리의 호소는 특별하지 않다.

노동의 정당한 대가를 받는,

같은 일을 하면서 차별받지 않는,

"다녀올게"라는 말 지킬 수 있는,

평범한 오늘을 위한
당연한 외침일 뿐이다.

익숙해질 때도 됐는데

"한 장 받아요!"라며
손에 들린 전단지를 내밀었다.

몇몇은 "죄송합니다"라며 손사래 쳤고
몇몇은 찡그린 눈썹으로 대답을 대신했고
또 몇몇은 아무 대답 없이 걸음을 재촉했다.

반복되는 거절에 익숙해질 때도 됐는데
오늘도 마음이 쑤신다.

세 번째 포옹

문득, 당신이

당신의 행복을,
문 앞에 놓고 갑니다

이 밤이 끝나기 전에
더 많은 이의 산타가 되기 위해
도로 위를 빠르게 달린다.

기다림을 베고 당신이 잠들기 전,
마침내 문 앞에 선물을 내려놓고는
산타의 메시지를 보낸다.

[Web 발신]
고객님의 상품이
배송 완료되었습니다.

별 하나

도시의 반짝이는 별을 바라보며
저 별 하나가 내게 주어진다면
무얼 하고 싶을까 생각한다.

커다란 TV로 프리미어 중계를 봐야지,
푹신한 소파에 폭 안겨 뒹굴거려야지,
고양이 한 마리 키워야지,
욕조에 몸 담그고 맥주 한 캔 마셔야지…….

머릿속 가득 펼친
소망을 모두 그러안는다.

이 소망을
'내 집'이라는 별에 담을 수 있게
차근차근 걸어가자 다짐하면서.

그런 날

가끔
그런 날이 있다.

흐르는 물과 함께 사라지는
세제 거품처럼,

청소기 속으로 사라지는
먼지처럼,

'내'가 사라진다는 것에

한없이 서글퍼지는,

그런 날이 있다.

미안해, 미안해, 미안해

내게 걸어오는
그대의 모습을 보았다.

그대가 내 앞에 서면
내내 그대를 기다렸다고,
시계가 멈춘 듯
흐르지 않는 시간을 원망했다고,
어쩌면 칭얼거리는 아이 같을지라도
솔직하게 말해야지 다짐했다.

그런데
그대의 모습이 커질수록
용기가 한 걸음씩 뒷걸음쳤다.
차마 아이 같은 모습을 보여줄 수 없었다.

혹시라도 그대가 날 두고 돌아서면
울지 않을 자신이 없어서
그대가 더는 다가오지 못하게
최대한 뾰족하게 가시를 세웠다.

그대는 내 선택을 존중한다는 듯
성큼성큼 다가오던 걸음을 멈추고
내게서 멀어져갔다.

미안해,
용기 낸 그대를 밀어내서.

미안해,
그대를 믿지 못해서.

미안해,
용기 내지 못해서.

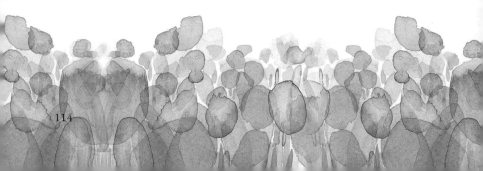

115

늘 그곳에

떨리는 마음으로 나를 찾아온 사람에게도
콧노래 부르며 내게 달려온 사람에게도
나는 한결같이 이렇게 말했다.
"주화를 넣어주세요."

사람들은 동전 몇 개나 전화카드를 건넸고,
나는 그들의 입과 귀가 되어
슬픔도 행복도 함께 했다.

이제는 추억이 된, 그런 날들이 있었다.
사람들이 나를 찾는 날보다
찾지 않는 날이 더 많아진 지금도
나는 매일 목청을 가다듬는다.
언제나 한결같은 목소리로
반겨주고 싶어서.

118

대답하지 못한 질문

동물원을 떠들썩하게 채우던
사람들의 소리가 잦아들면
나는 어제도 그제도 답을 찾지 못한 질문을
다시 꺼낸다.

'난 왜 여기서 살아야 할까?'

질문의 답을 찾아
나는 차가운 콘크리트 바닥을
걷고 또 걷는다.

축제가 끝나고

겨울이 오자
사람들은 나를 화려하게 꾸미는 데 집중했어.

풍성해 보이도록 가지도 매만져주고,
어두운 곳에서도 잘 보이게 꼬마전구도 둘러주었어.
가장 높은 곳에는 반짝이는 큰 별도 달아주었지.
서로를 생각하는 마음을 예쁘게 포장해
내 발아래 두는 것도 잊지 않았지.

아름다운 내 모습에 반했던지
사람들은 나를
사랑 가득한 눈으로 바라봤지.
모두에게 사랑받는 난 행복했어.

······12월 26일
그날이 오기 전까지.

흔하디흔한 여행기

123

나 생수병.
당신과 헤어진 후
나의 이야기가 궁금하지 않나요?

나는 지느러미도 꼬리도 없지만,
파도에 실려 푸른 바다를 여행해요.

바다 한가운데,
먼저 출발한 나의 친구들이 보이네요.

비닐봉지가 유영하는 모습은
바다거북이 가장 좋아하는 해파리를 똑 닮았어요.

향수병에 걸린 낚싯줄이랑 그물은
물개의 목을 꼭 붙들고 있네요.

이런!
조심성 없는 포장용기 몇 개는
고래가 바닷물을 마실 때 빨려 들어가고 말았어요.

언제나 그대로일 것만 같았던 내 몸이
여행이 길어지면서
햇빛과 바람, 파도에 잘게 부서져 흩어졌어요.

눈에 보이지 않을 만큼 작아진 후에는
플랑크톤, 갯지렁이, 조개, 새우, 물고기의
몸속을 여행해요.

정처 없이 떠돌아다니기만 할 거냐고요?
그럴 리가요.
이제 목적지가 보이네요.

내 여행의 종착지, 당신의 식탁에 도착했어요.
우리, 오랜만이네요.

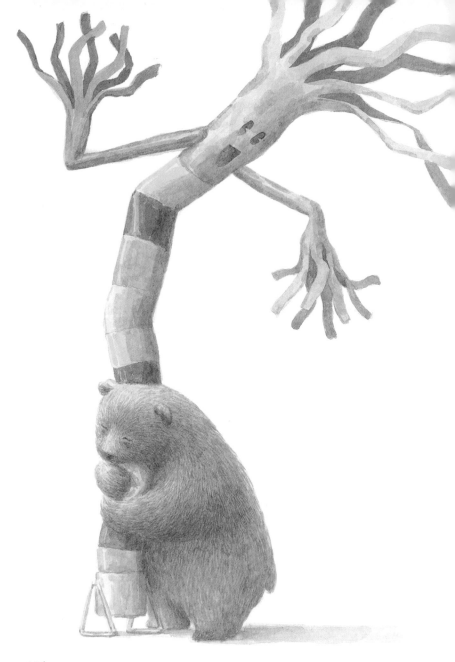

어릿광대의 웃음

내 안 가득 바람이 채워진 때라면
나를 쳐다보는 사람이 있든 없든
우스꽝스러운 춤이 끊겨서도
올라간 입꼬리가 내려가서도
안 된다.

내 안 가득 채웠던 바람이 흩어지는 밤이 오면
나는 땅으로 내려와 몸을 웅크린 채
진짜 내 얼굴을 찾는다.

128

그녀는 나의

그녀의 딸이 출근하면,
나는 그녀의 일터로 출근합니다.

여름이면 대나무 돗자리가,
겨울이면 전기담요가 깔리는
반찬가게 안 작은 평상이
나의 침실이자, 식당이자, 놀이터입니다.

지지고, 볶고, 끓이고, 부치고, 무치던 그녀는
내가 보채면 굽은 등에 나를 업고
다시 지지고, 볶고, 끓이고, 부치고, 무칩니다.

"생각이 난다. 홍시가 열리면, 울 엄마가 생각이 난다."
그녀가 흥얼거리는 트로트가 내 자장가입니다.
반찬 냄새 밴 그녀의 품이 내 요람입니다.

그녀는 나의 '할머니엄마'입니다.

오직 하나

지천으로 널린 돌멩이.
모두 똑같아 보일지라도
사실 세상 그 어디에도 똑같은 돌멩이는 없다.

저마다의 모양을 하고,
다른 흉터가 있고,
보아왔던 것도 기억하는 것도 모두 다른……

각자의 서사를 품고 있는,
세상 오직 하나뿐인 돌멩이다.

함께라면 더 좋을

버스 정류장 긴 의자에 앉아
저녁상에 무엇을 내놓을까 생각한다.

푹 익은 총각김치에 된장 풀어 넣고
국물이 자작해질 때까지 지져야지.
된장지짐이 상에 올라온 날은
우리 아들 날 보고 엄지를 치켜세웠었지.

며늘아기 좋아하는 고등어도 노릇하게 구워야지.

할미 김치 맵다고 도망가는
우리 똥강아지한테는 뭘 해주나?
들기름 발라 김 좀 구워볼까?
달짝지근하게 불고기전골을 끓여볼까?

"애들아, 저녁 먹고 갈 거지?"

134

어떤 말로도

더울 땐 시원하고, 추울 땐 따뜻한 마트.
내 자리는 베스트 상품 진열대.
가장 인기 있는 몸이라 이거지.
"이 과자 맛있겠다!"
보이니? 이 폭발적 반응?

그런데 지금은 왜 길바닥에 있냐고?
더 높은 곳을 가기 위한 모험 중이거든.
"누가 쓰레기를 여기에 버렸어?"
걱정 마, 날 향한 시기일 뿐이야.

내가 날 믿는 동안
어느 누구도, 어떤 말로도
날 흠집 낼 수 없어.

1인 시위

나는 금연표지판이다.
○○ 편의점 앞에 서 있은 지도 6년째다.

이곳에서 담배를 피우면 안 된다는 나의 호소가 무색하게,
오늘도 담뱃재 섞인 검은 안개가 나를 감싼다.

어떤 이는 조롱하는 듯한 눈길을 보내며
나를 향해 매캐한 검은 연기를 내뿜는다.

나의 이야기가 그들에게 닿지 못하고
연기처럼 흩날릴지라도,
이 자리를 떠날 수 없다.
나의 이야기가 틀리지 않음을 믿기에.

발가락이 간지러워서

가만히 앉아 있으라는 엄마 말을 못 들은 건 아닌데,
발가락이 간지러워서
가만히 있을 수가 없었어요.

발가락이 간지럽다 말하려고 엄마를 봤는데,
엄마는 너무 바빠 보였어요.

139

우린 괴물이 빼앗아 간 초코과자를 찾아 모험을 떠났어요.
이런! 동생이 작은 웅덩이에 첨벙 빠졌지 뭐예요.
나는 동생을 번쩍 안아 웅덩이에서 구출했어요.
초코과자를 지키는 괴물은
'슝슝' 핵주먹을 발사해서 물리쳤어요.
초코과자는 입에서 사르르 녹았어요.

초코과자를 먹다 보니 회사에 계신 아빠가 생각났어요.
아빠에게 초코과자를 가져다줄 방법을
그림을 그려가며 궁리하고 있었는데,
엄마가 우리를 찾아냈어요.

"으이구, 이 말썽쟁이들!"

엄마는 그렇게 말했지만
우리를 꼬옥 안아주셨어요.

엄마 품에서
우리는 사르르 녹았어요.

별이 피어오르면

간밤에 하늘에서 별 무더기가 쏟아졌던가.
길가에 개나리가 흐드러지게 피었다.
개나리를 보고서야 외투 주머니에
푹 찔러넣은 두 손을 꺼내 바람을 만져본다.

'봄이 왔구나!'

날마다 이 길을 지나갔는데도
너의 사투를 눈치채지 못했다.
아마 이 봄이 지나면
난 또 이곳에 네가 있다는 것조차
까맣게 잊을 것이다.
그럼에도 이렇게 찾아와줘 고맙고 또 고맙다.

오늘은 노오란 별 무리를 품에 안고
별 하나하나의 이야기에 귀 기울여본다.

기억할게

내게서 돌아서는 너를
원망하지 않을 거야.

슬펐던, 아팠던 기억이
우리의 마지막이라면,
우리가 함께 사랑하고
행복했던 기억들까지
모두 없었던 시간이 되어버리잖아.

기억할게.
우리가 함께한 잿빛 요일들 말고,
우리가 함께한
빛나는 요일들을.

화양연화(花樣年華)

146

내 이름은 '꿈돌이',
1993년 세계 여러 나라가 과학기술을 뽐냈던 축제를
알리기 위해 태어났어.

90년생들에게
난 지금의 '펭수' 못지 않은 슈퍼스타였어.

그들은
내 얼굴이 인쇄된 문구로 공부하고,
내 인형을 품에 안고 잠들고,
내가 주인공인 애니메이션을 보려고 TV 앞에 모였어.

지금은 뭐,
지역 테마공원을 지키는 한물간 캐릭터가 됐지만.

날 잊은 사람들에게 섭섭하지 않아.
그 시절 꼬마들이 이제는 어른이 된 것처럼,
시간이 흐르면 잊히는 게 순리 아니겠어.

그들이 아름답고 찬란했던 시간에
내가 함께했다는 사실,
그것만으로도 난 감사해.

네 번째 포옹

유연하고
단단하게

나이 든 꿈

스물.

소 판 돈으로 대학생이 됐다.
'꿈'을 말하는 건 불효였다.

서른.

'하면 된다'는 사훈에 맞춰
가장 일찍 출근하고 가장 늦게 퇴근했다.
'꿈'을 떠올릴 시간이 없었다.

마흔.

'명예퇴직' '정리해고'라는 이름으로
자고 일어나면 동료가 사라졌다.
'꿈'은 정신 나간 소리였다.

쉰.

두 아이 학원비를 보태겠다며
아내가 마트에 취직했다.
'꿈'은 이기적인 단어였다.

예순.

40년 넘게 시달린 '월요병'에서 해방됐다.
'나중에' '언젠가'라는 말로 미루는 사이
검은 머리에는 하얀 서리가 내려앉았다.
지난 시간은 나의 최선이었으니,
남은 시간은 온전히 나를 위해 '꿈'을 꾸기로 했다.

"주문하신 커피 나왔습니다."

길 찾기

매일 동참했던 분주함에서 슬쩍 빠져나와
내 속도에 맞는 길을 찾는다.

앞선 이의 발끝만 보고 따라 걸었던
비탈진 언덕길 대신
조금 멀더라도 편평하고 고즈넉한 길을 골랐다.

이 길에는 남들보다 느린 나를
곁눈질하는 사람도 없고,
나를 제치려는 사람도 없다.
제한속도를 알리는 표지판도 없다.

터벅터벅 무겁기만 했던 발걸음이 가벼워지고
걸음걸음에 리듬이 실린다.
내게 맞는 속도를 찾았다.

덜어내기

가을과 겨울의 경계에서
나는 세 계절 사력을 다해 키운 잎들을
남김없이 떨군다.

비, 바람, 햇살을 머금고 붉게 물든,
빛나던 한때를 집착하는 것은
나를 추위에 떨게 할 뿐이다.

마지막 잎까지 모조리 털어내고 맨몸이 되어야
비로소 매서운 겨울바람으로부터
겨울눈*을 지킬 수 있게 된다.

쓸데없이 나를 소진하는 것들과 결별하고,
지금 이 순간 필요한 단 하나에 집중함으로써
겨울을 날 채비를 마친다.

*늦여름부터 가을 사이에 생겨 겨울을 넘기고 이듬해 봄에 자라는 싹을 말한다.

영혼을 울리는 맛의 비결

농장 잡부, 보일러 점검원, 보험 판매원,
주유소 · 레스토랑 · 모텔 운영…….
대물림 된 가난의 고리를 끊어보려고
무던히도 발버둥을 쳤지.
하지만 예순이 넘은 나에게 남은 거라곤
정부에서 주는 얼마 되지 않는 연금,
낡은 포드 자동차 한 대,
하얀 여름 양복 한 벌뿐이었다네.
이것이 내 인생의 결말이라면,
자네에게 이런 이야기를 하지 않았겠지.

연금을 밑천으로
내 레시피에 투자할 사람을 찾아 미국 전역을 돌아다녔고
1009번째 레스토랑에서
마침내 "예스"라는 말을 듣게 됐다네.
그다음은, 자네가 아는 대로라네.

내게 실패는 일상이었다네.
나는 그때마다 더 나은 방법을
찾으려 애썼다네.

161

달님에게

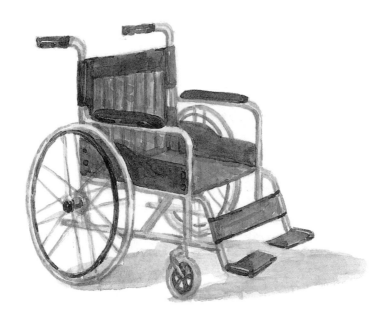

달님,
저 오늘 밥도 다 먹었고,
주사 맞을 때도 안 울었으니까
내일은 집에 갈 수 있게 해주세요.

친구들이랑 축구도 해야 하고,
떡볶이도 먹어야 하고,
동생한테 또봇도 조립해줘야 하고…….
집에 가서 해야 할 일이
너무너무너무너무 많아요.

달님,
그러니까 내일은
저 안 아프게 해주세요!

파란 고무신

주방 한편에 비스듬히 기대어
젖은 몸을 말리며 생각한다.

나는 세 평 남짓한 주방을 평생 벗어날 수 없는
만 오천 원짜리 '시장표' 파란 고무신이다.

하지만 하루에 몇 번씩 사람들에게 밟혀도,
가끔 새빨간 김칫국물을 맞아도
변함없는 파란 고무신.
이 또한 나다.

처음 모습을 잊지 않으려는
굳은 의지와
무엇에도 물들지 않으려는
단단한 마음으로
오늘 하루도 잘 버텨낸,

난 내가 참 좋다.

무탈하길

어둠에 싸인 철책 너머를 지켜보아야 하는 시간이다.
겹겹이 옷을 껴입고 군화 끈을 단단히 조이지만,
매서운 겨울바람은 빈틈을 집요하게 파고든다.

보이지 않는 적보다 무서운 게 전방의 추위라지만,
덕분에 별이 쏟아지는 밤하늘을 선물 받았다.

가장 반짝이는 별 하나에 눈 맞추니
건강히 잘 다녀오라, 손 흔들며 배웅하시던
부모님 얼굴이 떠올랐다.

떨어지는 별똥별에 소원을 빈다.
부모님이 내 걱정 내려놓고
편히 잠들 수 있기를,
고요한 평화가 이어지기를.

169

나의 이름은

사람들의 발길이
쉴 새 없이 오가는 보도블록 사이.
세상에서 가장 좁은 화단에
노랗고 풍성한 꽃잎이 기지개를 켠다.

내 옛 이름은 '문둘레'다.
바람 따라 유랑하던 풀씨가
사립문이나 담벼락에 부딪혀 떨어져 뿌리를 내려
문(問) 둘레에 흔하게 피고 지는 꽃이라고 해서
옛사람들이 그렇게 불렀다고 한다.
불청객 신세가 어제오늘 일이 아니었던가 보다.

초대받지 못한 게 꼭 슬플 일만은 아니다.
뿌리내릴 곳을 제 의지로
정하는 식물이 몇이나 되겠는가.
밟혀도 다시 일어나 꽃피우는
나는 이 도시의 생존자다.

오늘맞이

나는
도시가 적막과 어둠으로 물들면 나타나는
연둣빛 별똥별.

삭삭삭.
거리에 남은 어제와 계절의 잔해를 쓸어낸다.
연둣빛 작업복이 환히 빛나던 시간에 시작된
비질은
밀려오는 햇살에
연둣빛이 묻히는 시간이 돼서야
끝이 난다.

어제를 비우자,
오늘이 들어갈 자리가 생겼다.

부디,
깨끗해진 도시에서 행복한 오늘을 만드시길.

하루를
조리질하는 시간

사람들이
밀물처럼 밀려왔다가 썰물처럼 빠져나가기를
반복하던 플랫폼에 불이 꺼졌다.

오늘 하루 차곡히 쌓인 감정에서
버릴 것과 남길 것을 나누는 시간.
감정이 뒤섞여 혼탁해진 마음을
천천히 음미하듯,
조리질한다.

이유 없는 발길질에 까맣게 멍든 마음,
"이런 고물 같으니라고!"
거스름돈 계산에 버벅대는 동안
날아온 주먹질에 움푹 팬 마음,
'싸구려 커피'라는 수군거림에 베인 마음…….

"아! 좋다!"
두 손에 스며드는 종이컵의 온기에
감사하던 이의 얼굴에서 전해진 행복,
"○○○역 자판기 밀크커피가 세상에서 제일 맛있어!"
가난한 연인의 주머니까지 품는 사랑,
호~ 하고 뜨거운 코코아를 부는 엄마에게서
눈을 떼지 못하던 아이 눈동자에 비친 설렘…….

억울함 · 자괴감 · 열등감 같은 못난 마음은
골라내버리고,
행복 · 사랑 · 설렘 같은 예쁜 마음만
가라앉도록 놔둔다.

시작할 기회

창문으로 들어온 햇살이 눈을 간질이지만,
눈뜨면 시작될 오늘을 미루고 싶어
이불 속에 얼굴을 파묻었어.

어둠 속에서 눈만 끔벅이는데
다른 이의 하루가 시작되는 소리가 들렸어.

그때 이런 생각이 들더라.
이불 속에 몸을 숨긴 채 하루를 삼켜버리면,
'나의 오늘'은 나로 인해
시작할 기회조차 잃는 건 아닐까?

꿈꿀 기회를 빼앗기고 신음했던 시간을
나의 오늘이 겪게 둘 수 없어
천천히 몸을 일으켜본다.

반납

지금은 비록 녹슨 바퀴 하나뿐인 고물이지만,
한때는 누구보다 빠르게 달렸다.

여전히 '자전거'라 불리고 싶다.
하지만 더는 달릴 수 없는 내가
욕심부려서는,
붙들고 있어서는
안 되는 이름인 줄도 안다.

'자전거'라는 이름을 반납하기로 했다.

이런 내게도
새로운 이름이
다시 찾아와주리라 믿는다.

한 번이라도

○○, 세균이 변기의 10배!
변기보다 더러운 ○○!

도대체 왜,
모든 더러움의 기준이 '나'인 건가?

묻고 싶다.

당신은 한 번이라도
세상 어디에도 꺼내놓지 못한
저마다의 바닥을
헤아려보려 애쓴 적이 있던가?

당신은 한 번이라도
누군가 그러모은 욕망의 찌꺼기를
눈감아준 적이 있던가?

당신은 한 번이라도
어떠한 편견과 차별 없이
누군가를 따스하게 품어본 적이 있던가?

불빛 샤워

길모퉁이에서 저벅저벅
발소리가 들리면
어둠 속으로 몸을 숨긴 채
숨을 참는다.

어둠과 하나 되어,
밤이 깊어지고 골목의 인적이
끊어지기만을 기다린다.

비로소 기다렸던 시간,
노란 가로등 불빛 아래로 나와
오랫동안 웅크렸던 몸을 쭉 늘리고
'불빛 샤워'를 즐긴다.
내게 허락된 찰나의 달콤한 휴식이다.

안단테

출근길과 퇴근길.
같은 길을 걷는데도
발걸음에서 느껴지는 박자가
사뭇 다르다.

출근길의 템포가 알레그로(Allegro)*라면,
퇴근길의 템포는 안단테(Andante)*다.

아마도 소실점 끝에
무엇이 자리하느냐의 차이일 것이다.

지금 저 끝에는 쉼이 있다.

* 음악의 빠르기를 지시하는 말로 '알레그로(Allegro)'는 빠르고 경쾌한 속도,
  '안단테(Andante)'는 여유로운 걸음 정도의 느린 속도를 나타낸다.

야호!
퇴근이다!

가슴에 일렁

꼬마들이 하나둘 집으로 돌아가
놀이터가 텅 비면,
철없는 어른 하나
그네에 앉아 눈을 감는다.
앞으로 뒤로 앞으로 뒤로,
나의 몸이 허공을 가른다.

두 뺨을 어루만지는 부드러운 바람.
아련하게 들려오는 시냇물 소리.
발아래서 살랑이는 노란 꽃.

올렁이는 가슴에 물비늘이 일어난다.

그네가 흔들리는 동안
상상이라는 펜으로
하루의 쉼표를 '콕' 찍어본다.

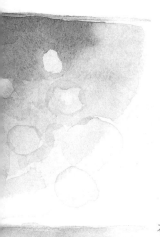

이 밤이 달다

간절한 소망을 이루기 위해 바쁘게 움직인 후
집으로 가는 마지막 버스에 올랐다.

남들보다 긴 하루를 보내
몸은 피곤해도 마음은 포근하다.

내 하루를 알아주는 이 하나 없어도,
이 시간들이 꿈으로 가는 길을 잇고 있음을 알기에
홀로 지킨 이 밤이 달다.

196

화해하고
스며들 수 있는 시간

> ❝
> 빛 속에 명료하게 드러난 바깥세상은
> 사실 나에겐 만날 만날 낯설어.
> 너무 사나워서 겁도 나구,
> 나한테 적의를 품고 나를 밀어내는 것 같아서
> 괜히 긴장하는 게 피곤하기도 하구.
> …… 그렇게 위협적인 세상도
> 도처에 잿빛 어둠이 고이기 시작하면
> 슬며시 만만하고 친숙해지는 거 있지.
> 얼마든지 화해하고
> 스며들 수도 있을 것 같은
> 세상으로 바뀌는 시간이 나는 좋아.
> ❞

_ 박완서, 『아주 오래된 농담』 중 「개와 늑대의 시간」에서

다 섯 번 째 포 옹

차마
전하지 못한

아픈, 흔들리는, 굳은, 미안한 마음들.
차마 전하지 못한 당신의 마음을 들려주세요.
내게는 마음껏 기대도 괜찮아요.

		당신,				
내	가		안	아	줄	게	요
내	가		알	아	줄	게	요

당신의 그 마음,
안아드릴게요

당신의 그 마음,
안아드릴게요

당신의 그 마음,
안아드릴게요

당신의 그 마음,
안아드릴게요

당신의 그 마음,
안아드릴게요

당신의 그 마음,
안아드릴게요

당신의 그 마음,
안아드릴게요

당신의 그 마음,
안아드릴게요

당신의 그 마음,
안아드릴게요

219

당신의 그 마음,
안아드릴게요

안아줄게요

초판 1쇄 발행 | 2021년 1월 28일

글 · 그림 | 박지연
펴낸이 | 이원범
기획 · 편집 | 김은숙, 정경선
마케팅 | 안오영
표지 · 본문 디자인 | 강선욱

펴낸곳 | 어바웃어북 about a book
출판등록 | 2010년 12월 24일 제313-2010-377호
주소 | 서울시 강서구 마곡중앙로 161-8 C동 1002호 (마곡동, 두산더랜드파크)
전화 | (편집팀) 070-4232-6071 (영업팀) 070-4233-6070
팩스 | 02-335-6078

ⓒ 박지연, 2021
ISBN | 979-11-87150-82-4 03810